Gedankenbewegung

Kurzgeschichten zum Innehalten in einer
hektischen Zeit
von Manuela K. Wiesmayer

© 1. Auflage 2009 Manuela Katharina Wiesmayer
(Text und Bilder)
© 2. Auflage 2017 Manuela Katharina Wiesmayer
(Text und Bilder)

Herstellung und Verlag: BoD - Books on Demand,
Norderstedt

ISBN 9783839103210

VORWORT

Wie man die Dinge sehen kann, wenn man sich nur Zeit dafür nimmt, ist wirklich erstaunlich!

Ich wünsche uns allen die nötige Zeit zum
- Sehen
- Hören und Zuhören
- Verstehen

In diesem Sinn viel Freude bei der Gedankenbewegung!

Ändere den Blickwinkel

ES IST NIE ZU SPÄT?

. . .

Sooft ich an damals zurückdenke, sooft erinnere ich mich, dass es regnete - doch es regnete damals nicht ...

Es ist bereits stockdunkel und ich laufe hinter den schnellen Schritten meines Freundes hinterher. Der Parkplatz ist bereits leer und nur schwach von Laternen beleuchtet. Wie gewohnt wartet er erst nach einer Weile auf mich und wir gelangen gleichzeitig beim Wagen an.
Er fährt und ich, bereits müde, lehne mich im Sitz zurück. Nach einigen Metern Fahrt sehe ich mitten auf der Scheibe einen wunderschönen, zierlichen Heuschreck. Seine Flügel sind mit dünnen braunen Umrandungen begrenzt und seine Fühler lang und suchend.
Ich weise meinen Freund auf den Heuschreck hin. „Der wird schon wegspringen" meint er und wir fahren, streckenbedingt, langsam weiter.
„Ist er jetzt weg" werde ich, fast schon am eindösen, gefragt. Ich öffne meine Augen und - der Heuschreck ist nicht zu sehen.
„Na bitte, ich habe Dir ja gesagt, der hüpft weg"
Wir kommen auf die Bundesstraße, das monotone Geräusch des Wagens und die schwarze Nacht wirken auf mich und ich schlafe, anfangs dagegen kämpfend, später nachgebend, ein.

Ich weiß nicht wo wir sind und warum ich wach bin, doch ich schaue, wie automatisch und völlig gezielt auf die Windschutzscheibe. Da sitzt er, der Heuschreck!

Er ist völlig an die Scheibe gepresst, flach und zugleich stark. Ich bin völlig schockiert, warum ist er wieder da, er war doch schon weg - war doch schon in Sicherheit - geglaubt. „Er ist wieder da" sage ich, leise, müde und ohne jedes Anzeichen von Aufregung in der Stimme. „Wirklich?" Das war das Letzte was wir auf der Fahrt sprachen.

Er ist wieder da! Scheinbar berührt er nur mich. Der Heuschreck, jetzt noch deutlicher zu erkennen, seine zierlichen Beine, ja sogar die Gelenke kann ich erkennen. Seine Fühler wehen im Wind. Manchmal hat er die Kraft einen Schritt zu tun - wie schafft er das, wir fahren gute 130 km/h. Woher hat er diese Kraft, woran hält er sich fest - die Scheibe ist doch aalglatt.

Wir fahren weiter, die Autobahn und die Nacht scheinen unendlich. Alles sieht gleich aus, wo sind wir, sind wir bald da, fahren wir bald langsamer. Nein, jetzt kann ich erkennen, wir haben noch gute 20 km zu fahren, bevor wir die Autobahn verlassen können.

In mir kommt der Gedanke auf, ich könnte ja was sagen, ich könnte ja meinen Freund zum Anhalten auf einem Parkplatz bewegen. Er wird mich auslachen, wegen einem Heuschreck auf einen Parkplatz zu fahren. Ich höre wie er lacht. „Du bist zu sensibel" würde er sagen. Was soll ich tun?

Ich könnte das Fenster herunterkurbeln und versuchen, den Heuschreck so zu erreichen. Ja, das ist die Lösung. Ich werde ihn so fangen und dann in Wien auslassen, auf einer Wiese, wo er sicher ist.

Dieser Gedanken wächst in mir, ich sehe mich handeln, sehe wie es mir gelingt, spüre sogar den Fahrtwind an mir vorüberwehen. Doch ich sitze still und tue nichts. Nein, falsch! Als ich mit den Gedanken zurückkehre ertappe ich mich dabei wie ich den Heuschreck anstarre. Er kämpft den schwersten Kampf seines Lebens und ich sehe dabei zu.

Ich sehe einfach nur zu. Alleine diese Tatsache, dieses Passive, dieses Aktionslose, lässt in mir Hitze aufsteigen.

Ich sehe weiter zu. Der Heuschreck versucht zu gehen - er schafft wieder einen Schritt. Warum tut er das, warum bleibt er nicht sitzen bis wir in Wien sind. Er könnte sich doch ansaugen, die Kraft dazu hat er, warum wartet er nicht ab - er weiß nicht, dass Autos auch wieder stehen bleiben.

Ich kann nicht mehr zusehen, ich muss ihm helfen! Doch was ist das? Moment mal! Gut, dass ich das noch bemerke. Es ist kein Heuschreck, jetzt sehe ich es deutlich - es ist - ja genau! Dieser dicke, schwarze Mittelpunkt. Die Fäden, die wohl Beine sein sollen, rundherum. Das allgemein ekelige Aussehen und dieses Schwarz. Gerade wollte ich das Fenster herunterkurbeln, ein Glück, dass ich es nicht getan habe. Das da draußen, das da auf der Windschutzscheibe ist eindeutig eine Spinne. Eine Spinne die mich getäuscht hat. Wie konnte ich nur dieses hässliche Tier mit einem lieblichen Heuschreck verwechseln. Es ist mir ein Rätsel. Fast atemlos sitze ich jetzt da, völlig kraftlos und dennoch erleichtert. Ich denke daran, wie ich wohl reagiert hätte, wenn ich die Hand, nach mühevollem Ringen gegen den Fahrtwind, ins Auto zurückkommend, geöffnet hätte und statt dem vermeintlichen Heuschreck eine Spinne in den Händen gehabt hätte. Die Vorstellung lässt mich erschaudern und eine Gänsehaut überzieht meinen gesamten Körper. Erleichtert über mein langes Zögern und bestätigt, völlig richtig gehandelt zu haben, schaue ich auf den schwarzen Fleck auf der Scheibe. Ich schaue ihn so lange an, bis ich einschlafe.

Der Schlaf erscheint mir ewig - und doch, es kommt mir vor als wäre ich hellwach, würde mit offenen Augen auf die Straße schauen - die Straße, schwarz und monoton. Wir überholen andere Autos, andere - irgendwelche Leute, die irgendwo hinfahren. Ich öffne die Augen, und wieder, ganz von alleine richten sie sich auf die Stelle, wo der vermeintliche Heuschreck, als Spinne enttarnt sitzen müsste. Ich kann kaum mehr unterscheiden, ob ich wach bin, oder ob ich träume - Tränen rinnen mir übers Gesicht - ich habe mich geirrt. Wie konnte ich dieses wunderschöne, um sein Leben ringende Tier für eine Spinne halten. Ich sehe nur mehr den

Heuschreck und seinen Kampf - übergroß. Nichts anderes ist für mich mehr von Interesse, ich sehe keine Straße, keine anderen Autos, ja nicht mal das eigene Auto nehme ich war. Ich befinde mich im Schwarz, vor mir der Heuschreck - blickfüllend.

Er kämpft, ich beobachte, wie der starke Wind in fast überwältigt. Da - er kann sein linkes Sprungbein nicht mehr auf der Scheibe festhalten. Es weht heftig im Wind und droht abzureißen. Er kämpft, er gibt nicht auf. Wieder glaube ich zu handeln, spüre den Wind in meinem Haar, fühle die Gefahr des zu weiten Hinauslehnens. Ich spüre meine Tränen auf den Wangen, als ich mich passiv vorfinde. Wie gelähmt sitze ich da, keiner Bewegung fähig, starrend auf das, um sein Leben kämpfende Wesen. Jetzt, jetzt handle ich, ich muss etwas tun. Je stärker mein Entschluss wird, je näher der Augenblick des Fenster Öffnens kommt, desto bewusster wird mir die damit verbundene Gefahr. Angst übersteigt mich, was könnte mir nicht alles passieren, ich könnte das Gleichgewicht verlieren und aus dem Auto fallen, ich ...
Er hat es geschafft, er steht, nein er klammert wieder mit allen Beinen auf der Scheibe. Erleichterung steigt in mir hoch und Freude, so schlafe ein.
Ich bin nicht verwundert, dass ich nach dem Erwachen meinen Blick sofort wieder auf der bewussten Stelle finde. Er ist noch da und ich bin darüber froh. Je länger ich ihn betrachte, desto bewusster wird mir, was für ein wunderschönes

Tier er ist. Groß und stolz, einzigartig und fast unecht erscheint er mir. Ich muss wohl auch im Schlaf traurig über mein Nichthandeln gewesen sein, denn meine Wangen sind feucht. Ich werde jetzt etwas tun, ...

Ja, ich werde meinen Freund ersuchen anzuhalten. Dann werde ich aussteigen und den vertrauten Hüpfer in die Wiese werfen. Ja werfen, weit in die Wiese hinein, damit er eine Chance hat. Hat er überhaupt eine Chance, wenn ich ihn in die Wiese schmeiße, so nahe der Autobahn. Wohl nicht, er würde zurückspringen, auf die Straße. Kein Autofahrer würde ihn dann sehen und er würde überfahren werden. Ich werde ihn also doch bis nach Wien mitnehmen. Nach Wien, wie weit ist es denn noch? Ah wir haben's nicht mehr weit, vielleicht kann er sich von selbst so lange halten.

Ich fahre von meinen Gedanken hoch, die letzten Sekunden, oder waren es Minuten, habe ich den Heuschreck nicht beobachtet, wo ist er?

Also doch, doch kein Heuschreck, doch die Spinne. Es gibt keinen Zweifel, das Ding an der Scheibe ist eine Spinne. Pfui Spinne - ich hasse Spinnen. Eigentlich hasse ich sie nicht wirklich, nur angreifen, nein, angreifen mag ich keine. Die wird sich wohl selbst retten müssen.

Starke Zweifel befallen mich, ich kann mich doch nicht ständig irren. Heuschreck oder Spinne, Spinne oder Heuschreck. Ich muss es genau wissen und so beuge ich mich näher zur Scheibe.

Der Wind greift den Heuschreck stark an - beide Hinterbeine werden ihm hochgerissen, der Wind lässt nicht locker. Jetzt hängt er nur mehr mit zwei Beinen an der Scheibe, sein ganzer Körper weht im Wind. Ich muss lachen, leise, traurig, hilflos, er sieht wie ein Akrobat, der einen Handstand macht, aus. Da wird mir die Situation bewusst, er wird sterben, er schafft es nicht. Jetzt muss ich helfen.

Zu spät - der Wind hat ihn mitgerissen, wie in Zeitlupe sehe ich ihn fortfliegen - fort übers Autodach.
Ich lehne mich zurück und weine - leise, ruhig in mich hinein ...

Warum, warum habe ich so lange gezögert - warum habe ich so lange zugeschaut - warum habe ich nicht gehandelt solange Zeit war.

Heuschreck oder Spinne?

KRIEG

Wie eine gut befestigte Burg muss der Horde roter Ameisen der Blumentopf erschienen sein, wie sonst hätten sie, geweckt durch die ersten warmen Sonnenstrahlen, beschließen können, ihren komplexen Bau inmitten der Wurzeln der von Menschenhand gepflegten Seidenblume anzulegen. Nichts schien die fleißigen Arbeiterinnen davon abhalten zu können, ihr neu beanspruchtes Territorium aufzugeben. Weder der Schüttregen aus der Gießkanne, noch der künstliche Dünger wären Anlass dafür gewesen.

Für den Besitzer der Pflanze unbemerkt, vermehrten sich die Bewohner und Gänge gleichermaßen. Nur eine Straße führte, kaum sichtbar, vom Topf über den kürzesten Weg der Veranda in den Garten, wo eine wildwachsende Wiese genug Nahrungsvorräte, vor allem aber Tarnung bot. Emsig und unaufhörlich schufen die Arbeiterinnen Nahrung in die Burg, reparierten vermeintliche Schäden an der Oberfläche, die durch die Pflege des Pflanzenbesitzers entstanden. Nach einiger Zeit wuchs ein richtig ausgedehntes Ameisenreich, bestehend aus Volk, Wächtern und Majestät mit Burg, Burggraben und umgebenden Garten heran.

Wie hätte wohl der Pflanzenbesitzer reagiert, wenn eine, ihm unbekannte Übermacht, sein Haus gepackt, mit einem Ruck aus seinem

Garten gerissen und in eine Plastiktüte gesteckt hätte.

Doch war sich weder der Blumenfreund seiner Tat bewusst, noch wusste das rote Volk wie ihm geschah.
Über zwei Stunden war die Umgebung des tierischen Völkchens auf die, ihm wohlbekannte Burg eingeschränkt – statt Blüten und grünem Gras nur ein ihm unbekanntes weißes Material, welches weder Nahrung noch Schutz bot.

Lange dauerte es, obwohl die vermeintliche Gefahr schon Tage zurücklag, bis der erste Späher ausgesandt wurde um die Lage zu erkunden. Entsetzlich musste das auf ihn gewirkt haben, was er vorfand. – soweit Ameisen so empfinden können; doch die hektische und ziellose Art und Weise in der sich der Späher bewegte, ließ darauf schließen, dass er sich der misslichen Lage, in der er und sein Volk sich befanden, begreifen konnte.

Die Burg stand auf einer weißen Fläche, deren Material ähnlich dem war, das sich Tage zuvor um die Burg schloss, um nach einiger Zeit entfernt zu werden. Lief er in die Richtung wo er Himmel sah und überwand einen etwa zehn Zentimeter hohen Balken in der Hoffnung hinter dem selben den lebensnotwendigen Garten vorzufinden, so sah er sich einem absolut unverständlichem Stoff gegenüber; da war kein Garten, er konnte aber auch nicht, wie angenommen über den Balken – eine unsichtbare, undurchdringliche Wand zwang ihn nicht über den Balken sondern immer nur aufwärts.

Der kleine Späher musste Nahrung finden, so erprobte er einen anderen Weg. Da wo er Gras vermutete fand er nur eine schwer überwindbare, aus weichen Fäden zusammengesetzte Fläche, aus nie gesehenem Gewebe.

Immer zielloser wurde seine Suche, immer unvorsichtiger rannte er herum, achtete nicht mehr auf Deckung und landete im Magen des Hundes, der der beste Freund des neuen Seidenblumenbesitzers war.

Es musste wohl eine bestimmte Wartezeit für vermisste Späher geben, ehe neue Späher ausgesandt wurden, doch nach einiger Zeit wurde es unruhig im Bau, um den Blumentopf herum begann ein reges Treiben – ähnlich einer Vermisstensuche. Einige wenige, wohl wieder Späher, entfernten sich weiter als die meisten anderen.

Jetzt erst, durch die Vielzahl der kleinen Burgbewohner auf der Fensterbank aufmerksam geworden, realisierte der neue Besitzer, was er da eigentlich geschenkt bekommen hatte – ein ganzes Volk roter Ameisen. Er war sich wohl bewusst, dass das Völkchen unmöglich in einer Stadtwohnung, am Fensterbrett überleben konnte und entsann so den genialen Rettungsplan, den, wie er noch nicht wusste, genau so gut der Teufel selbst hätte geschmiedet haben können.

Das Mindeste was die kleinen roten Freunde jetzt bräuchten, wäre Natur, so dachte der Städter. Die nächst beste, sich nicht nur anbietende, sondern aufdrängende Unberührtheit lag nur wenige Schritte entfernt – im Hof des U-förmig an den nächsten Block angrenzenden Hauses. Der Hof war zwar für Menschen ausgesprochen klein und diente eigentlich nur um die unansehnlichen Misttonnen aus dem Gang zu schaffen, doch müsste er für Ameisen ein Paradies sein, auf jeden Fall besser als das Fensterbrett.

Sorgfältig und behutsam verfrachtete der, sich selbst ernannte, Wohltäter die Krabbeltiere von der künstlichen Fläche in den Blumentopf um diesen dann ins neue Reich zu tragen. Er beeilte sich, denn die quirligen Krabbler wollten nicht im Topf bleiben – rasch die Stiegen hinunter, Hoftüre auf. Mit einem raschen Blick wurde der vermeintlich beste Platz ausgesucht und die Pflanze vorsichtig abgestellt. Wenn nun die Ameisen, ganz vorsichtig natürlich, auf den freien Boden gestreut würden, wären sie freie Beute für alle Vögel, die die Vorzüge der Stadt längst erkannt haben. Der Tierfreund beschloss also, so lange bei der Ansiedlung dabei zu bleiben, bis er das Gefühl haben konnte, die seiner Obhut anvertrauten wären in Sicherheit. Seine Ideen und Pläne in die Tat umsetzend leerte er die lockere Erde des Topfes auf die etwas fest gepresste Hoferde – je mehr Erde vom

Wurzelballen fiel, desto deutlicher wurde der hochkomplexe Bau. Sogar die Kinderstube war zu sehen, viele Arbeiterinnen waren in größter Panik und klammerten sich an den feinen Wurzeln der Pflanze an, hatten sie es geschafft noch ein Ei zu erreichen, klammerten sie sich an dieses und gaben dem Rütteln nach einiger Zeit nach um, wie die vielen anderen, zu Boden zu fallen.

Das Rütteln ließ erst nach, als auch die letzte Ameise mit ihr aber auch das letzte Körnchen Erde aus dem Wurzelballen gefallen war. Mit sich selbst äußerst zufrieden, legte der über die Ameisen Erhabene, die Reste der Pflanze in den nun leeren Topf und beobachtete seine neuen Freunde, die er, wie er sich fest vornahm, von Zeit zu Zeit besuchen würde.

Nach einiger Zeit der Studie fühlte sich der Gönner gar nicht mehr so gönnerhaft, die Tierchen liefen völlig ziellos umher, viele von ihnen trugen Eier und die, die nichts trugen, dachten nicht im entferntesten daran, wie vom Pflanzenbesitzer erhofft, mit dem Nestbau zu beginnen. Es lagen doch genug kleine Sachen herum, die sich, nach Menscheneinschätzung bestens geeignet hätten, einen perfekten Bau zu konstruieren, warum liefen sie wie blind daran vorbei. Warum suchten sie nicht raschest Deckung zu finden?

Richtungswechsel – wie auf Kommando meiden die Roten nach links zu laufen, die Augen des

Beobachters richten sich in die gemiedene Richtung – eine schwarze Ameise, nicht sehr groß, aber doch größer als die Roten.

Dann nicht nur eine Schwarze, mehr und mehr werden sie. Zielstrebig rücken sie in die Richtung der Roten. Die Roten wissen nicht wohin, keine Strategie, keine Formierung sie laufen nur, sinnlos und panisch, sie laufen aber auch nie ganz weg von der Stelle, an der sie ausgesetzt wurden – immer wieder versuchen sie zurückzukehren.

Das erste Opfer – die Schwarzen haben eine Rote erwischt – gnadenlos wird sie an Ort und Stelle ermordet.

Hilflosigkeit – der Beobachter erschrickt – was hat er getan. Hilflos muss er zusehen wie eine nach der anderen von der schwarzen Front niedergemetzelt wird. Keine hat eine Chance. Fällt den Schwarzen eine Arbeiterin mit Ei in die Hände, werden sie und das Ei zerstört. Nichts kann er tun, die Schwarzen nicht aufhalten und die Roten nicht retten.

Wenige Minuten später – die schwarzen Ameisen sind fort, sie verschwanden ebenso schnell wie sie gekommen waren – zurück bleibt das Schlachtfeld einer verlorenen Schlacht mit hunderten von Toten – gekrümmt liegen sie da, unter ihnen die weißen Eier. Trostlosigkeit geht von dem Platz aus, der nicht einmal einen Quadratmeter groß und doch um nichts weniger grausam ist, als jedes andere Schlachtfeld der Menschen selbst.

Am nächsten Tag war kein einziger Hinweis auf das Grauen des Vortages zu sehen – das Leben ging einfach weiter – ...

ENDE IST ANFANG

In der Badewanne liegend, das heiße Wasser sich langsam um den Körper bewegen lassend - die Gedanken fliegen. Der Blick fällt durch den Raum, sieht Dinge des täglichen Bedarfs die heute irgendwie anders aussehen, sieht Dinge die noch nie gesehen wurden obwohl sie täglich vor Augen. Langsam, ganz langsam wird die halbrunde Deckenleuchte, die einer abgeschnittenen Kugel, mit der flachen Seite an den Plafond geklebt ähnelt, zum Planeten. Zum leuchtenden hellen, nicht bedrohlich, aber irgendwie kalten Planeten. Der Heizboiler, montiert vor 30 Jahren, mit all seinen Anschlüssen und Schläuchen verwandelt sich in ein Raumschiff, ein altes Raumschiff, es sieht technisch nicht auf dem letzten Stand aus ....

Das Raumschiff hält ganz nahe dem Planeten, es steht ganz still, beobachtet ihn ... wirkt gleichgültig. Gleichgültig – wenn ihm alles gleichgültig ist, so hat er eigentlich eine enorme Macht, da ihm alles gleichgültig ist, kann ihm keiner drohen, keiner erpressen und niemand verletzen, es ist ihm ja jede Art von Konsequenz gleichgültig. So gleichgültig steht das Raumschiff vor dem Planeten. Da verwandelt sich das Raumschiff und der Planet, vor den Augen in eine alte, halbkugelige Lampe und ein überholungsbedürftiger Boiler – der Gedanke war zu ernst, zu ernst als um in der Phantasiewelt zu

18

verharren, zu ernst um nicht überdacht zu werden.

Gleichgültigkeit als Schutzmantel, als Wehrmauer gegen das Leben und seine Gefahren? Sollte dies vielleicht ein Geheimrezept sein, die Patentlösung ... Ein herrliches Gefühl steigt auf, das klingt mehr als nur verlockend ...

Das warme Wasser, das leise Plätschern der Tropfen, die fest entschlossen dem undichten Wasserhahn entfliehen, der Blick senkt sich mehr und mehr – die Augen schließen sich. Zeit vergeht ...

Doch halt, was wenn Gleichgültigkeit bedeutet, gleichgültig gegenüber Freude, Lachen ja um nicht zu sagen immun gegen Glücksgefühle. Das würde es doch bedeuten, nur so kann es funktionieren, man kann nicht wählen ....

Keine Patentlösung also ... der Blick hebt sich wieder zur Lampe und zum Boiler – sie verwandeln sich nicht mehr, ernste Gedanken blockieren die Phantasie, ernste Gedanken stutzen Flügel, lassen selbst Schmetterlinge am Boden kleben.

Die Vergangenheit ist längst eingetreten, hat die Badezimmertüre mit ihren grauen, verschwommenen Händen geöffnet und ist ungefragt eingetreten. Mehr als fünf Jahre repräsentiert sie in diesem Augenblick, zeigt nur Positives aus dieser Zeit um das Ende schmerzlicher zu machen – mit Gewalt werden die Gedanken gezwungen auch Negatives aufzurufen – nur um objektiv zu sein. War es richtig nach so langer Zeit eine Ende zu setzen, war es richtig alles was geglaubt wurde zu verwerfen, war es richtig Vertrauen derart zu zerstören, war es .... und ein fester Blick schaut in das Antlitz der Vergangenheit, sie lächelt und ... – es war.

Erst als die Vergangenheit, wie ein sich auflösender Nebel verschwindet, lächelt die Zukunft herein und bringt eine Rose. Die Rose wird nie vergehen, selbst wenn sie verwelkt und anschließend verfault – tut sie das nur um neu erblühen zu können.

KONSTANT – VARIABEL

M schaut aus dem Fenster, die Bäume mit ihrem frühen frühlingshaften grün wiegen sich im Wind, kaum Verkehr auf der Straße und die Uhr zeigt halb vier. Noch eineinhalb Stunden, ...

Wie oft hatte M schon, sehnsüchtig, den Minutenzeiger verfolgend, auf die abendliche Freiheit gewartet, auf den Augenblick in dem alle Ketten zerspringen, jeglicher Zwang abfällt und M ins Auto steigt um die Heimreise anzutreten.

Anwesenheitspflicht – alleine das Wort stellt eine unzerreißbare Kette dar, die sich um M's Herz und Seele schlingt, festgezogen, kaum Luft lassend – Sklaven von.. bis.. sollte es in manchen Verträgen heißen.

Fünf nach halb...

Pflichtbewusst oder mehr Beschäftigung suchend geht M die erledigte Tagesarbeit durch, alles erledigt – keine Fehler, die morgigen Termine sind bestätigt und auch alle benötigten Materialien vorbereitet. Fast erleichtert atmet M auf, als ein kleiner, unscheinbarer Zettel unter dem Tagesblatt des Terminkalenders zum Vorschein kommt – eine Telefonnotiz für den nächsten Tag; wenn M jetzt anrufen würde, bei einer durchschnittlichen Telefonatsdauer von 15

Minuten, das würde bedeuten... M ruft an, ..."....erst ab morgen wieder erreichbar, ...", ...

Fünf vor vier.

Fixe Arbeitszeiten, reine Folter .... M weiß genau, wenn dann wieder Trubel ist, wird keiner der Zeitdiebe etwas von fixen Arbeitszeiten hören wollen, wird keiner explizit darauf hinweisen, dass die Arbeitszeit erst um 17 Uhr endet, wird sich keiner wegen der Differenz von einer Stunde beklagen.
Zeitdiebstahl, ja, anders kann es nicht bezeichnet werden, eine Stunde Arbeit, sei es voll im Stress, ist wesentlich billiger, als eine Stunde der wartenden Ewigkeit – eine dieser qualvollen Wartestunden, die länger dauern als der ganze Tag, ... Eine Stunde des Lebens in der einem voll bewusst wird, dass man sich voll und ganz, für immer und ewig verloren hat, was hätte man in dieser Stunde nicht alles machen können...

Die Bäume wiegen hin und her, stärker, viel stärker wird der Wind – nichts mit im Freien sitzen, bis M heim kommt, wir der Wind den am Morgen angekündigten Regen gebracht haben.

Das Telefon läutet, einmal nur, dann ist es wieder still – ein Irrtum der Telefonzentrale. Warum schweigt das, sonst so heiß laufende Telefon genau dann, wenn man Zeit hätte?

Viertel Fünf.

Weniger aus Drang, mehr Zeitvertreib besucht M die Örtlichkeit für die man während der Stressstunden so wie so keine Zeit hat, aufwendig und zeitverschwendend werden die Hände gewaschen, ein Kaffee geholt... der Automatenkaffee schmeckt wie immer, süß und nicht nach Kaffee, M erinnert sich, sich am Vortag vorgenommen zu haben, dieses Gebräu nicht differenzierbarer, wahrscheinlicher Chemikalien nie mehr zu trinken...

Der Wind bläst unverändert ... wie sich die Vögel bei so einem Wind fühlen, ob das Fliegen für sie gefährlich ist...

Fünf nach Viertel.

Wenn sich der Zeiger nur schneller bewegen würde... nein, bitte nicht – jede verflossene Minute ist für immer und ewig vorbei... die Zeit muss sinnvoll genutzt werden, was ist sinnvoll? Was ist hier im Gefängnis Sinnvolles möglich?
M lehnt sich auf den bequemen, mit viel Komfort ausgestatteten Bürosessel zurück, schaut wieder aus dem Fenster.... eigentlich fliegen gar keine Vögel – den ganzen Himmel absuchend bestätigt sich M selbst nun die überprüften Gedanken. Doch, da, zwei, sie scheinen zu spielen oder zu balzen – es ist ja Frühling – bald wird es Sommer sein und M träumt von lauen, prickelnden Abenden im Freien... ein Grillfest wird sicher steigen, wenn nicht sogar zwei oder drei... kommt aufs Wetter an. Voriges Jahr war es ja nicht so aufregend – Sturm – ständig Stürme.

Halb Fünf.

Nur noch eine halbe Stunde Ewigkeit... M erschrickt bei diesem Gedanken... wie leichtsinnig und hirnlos manches gedacht wird, nur noch eine halbe Stunde Ewigkeit – das wäre der Untergang der Menschheit, Gott sei Dank – nur ein blöder Gedanke...

Stechuhren und Zeiterfassung - , die Ketten und Peitschen dieser Zeit. Wohl wurden sie erfunden um Schaden zu vermeiden, jetzt schaden sie erst recht.

Neun nach Halb.

Nochmals prüft M die erledigte Arbeit,... Nach dreimaligem Hinsehen hat sich die Position des Zeigers so gut wie nicht verändert, jetzt steht die Zeit still. Tiefes Seufzen, das kann nicht wahr sein, das darf nicht wahr sein, am Ende des Lebens würde M sogar die eigene Seele geben, nur um diese gestohlenen Stunden, und es werden dann Wochen, nein Monate, vielleicht sogar Jahre sein, zurückzubekommen.

Enorme Energien entstehen in M's Körper – der Geist will frei sein, will fliegen....
M wird heiß, Aggression, blanker Hass, der Drang nach Freiheit wird immer größer je langsamer die Uhr zu gehen scheint. Wenn M jetzt gehen würde, nur 13 Minuten zu früh, was sind 13 Minuten....

Nein, die gnadenlose Stechuhr würde M ein Minus anlasten, - am Monatsende darf es kein Minus geben und es ist schon der 27., M müsste dann morgen oder übermorgen die fehlende Zeit einarbeiten, ... an einem dieser Tage also die quälende Zeit um 13 Minuten verlängern- nein... unzumutbar – unerträglich!

Es ist Fünf!

... morgen ist es auch nicht anders.

In der Nacht, da wird M träumen, träumen von einem kreativen Leben, mal Schauspieler, mal Dichter – dann Dompteur oder Wanderer, mal Geliebter mal Liebender...

Die Variable ist nur noch die Nacht, ... nur da ist M frei ....

Schlechtes Wetter

Leise, ganz sanft streicht der Wind durch den Spalt des gekippten Fensters, niemanden störend, sich nicht aufdrängend strömt laue, den Sommer ahnen lassende Luft ins Zimmer.

Das monotone Gemurmel der Arbeitenden ist lauter, und aggressiver als sonst, auch das üblicherweise besetzte, zweckentsprechend eingerichtete Büro, ist schon länger leer.

Langsam weicht die Sonne den Wolken, doch kann man dieses Schauspiel vom Zimmer aus nicht verfolgen, man kann es nur erahnen, denn ein Schatten schiebt sich im Zimmer von einer Wand zur anderen, es wirkt, als ob ein Blatt Papier zögernd vor das Fenster geschoben würde. Der Wind wird spürbar und die an der, neben dem Fenster montierten, Pinwand befestigten Blätter beginnen zu flattern, ... Das melodisch wirkende Geräusch der sich bewegenden Notizen und der schwere Geruch, den der Wind nun hereinträgt, geben das Gefühl welches man nur erlebt, wenn bei einer Opernaufführung die große Arie kurz bevorsteht.

Das Hintergrundmurmeln wird deutlicher, ein Unzufriedener teilt sein Missfallen laut und deutlich mit, jedes Wort ist zu verstehen und doch wirkt es wie ein einziges Grollen.

Das Zimmer liegt im völligen Dunkel, ein starker Windstoß lässt das Fenster kurz beben, dann, ganz plötzlich und heftig, dennoch zum erwarteten Zeitpunkt - Regen.

Das angenommene Blitzen und Donnern bleibt aus, duster und traurig sieht alles aus, still ist es, kein Murmeln und kein Grollen ist zu hören – alles lauscht dem Regen, ...

Der Regen wäscht alles fort, auch all jenes, was er gar nicht berühren konnte, ...

Der Schatten zieht weg, viel schneller als er gekommen war – Sonne.
Die Vögel singen ihr lautes und fröhliches Lied, auch das Hintergrundraunen wirkt wieder freundlicher nicht jedoch so fröhlich.

Die Luft im Zimmer ist noch schwer und drückend, der Geruch des frischen Regens, nach feuchter Erde und weiten Wäldern gibt aber das Gefühl von Glück und Frieden.

Sei nicht traurig

DIE GEBROCHENE ROSE

Wir schreiben heute den 28. Dezember, eine Woche ist erst vergangen, der entscheidende Tag ist in die Vergangenheit gerückt, doch Normalität will sich nicht einstellen. Ich denke, es liegt daran, dass ich die Normalität der vergangenen Jahre, ja vielleicht sogar, meines gesamten bisher vergangenen Lebens, gar nicht mehr will.

Es ist Sechs Uhr Fünfzig und an jenem Morgen vor einer Woche hatte ich die am Vorabend gepflanzte Hoffnung bereits aufgegeben. Es ist schon seltsam, das mit der Hoffnung. Ich habe die ganze Woche lang die Vergangenheit durchstöbert und analysiert, mir ist aufgefallen, dass zu viele Anzeichen angekündigt haben, was dann letztendlich passiert ist. Es waren keine Anzeichen im herkömmlichen Sinn, keine schweren Krankheiten oder Schwächen. Es waren vielmehr Gedanken, die mir heute, wie Botschaften erscheinen, welche ich nicht verstanden, ja damals nicht einmal zu deuten wusste.

Ich glaube, es spielte sich alles in diesem Jahr ab, ich erinnere mich nicht mehr, ich erinnere mich überhaupt sehr schwer an Dinge, die vor dem entscheidenden Tag liegen. Es ist, als wäre ein Selbstschutz-Radiergummi über die Vergangenheit gefahren und hätte nur jene

Dinge überlassen, die verkraftbar sind. Es waren also Gedanken, während des Spaziereingehens, oder in der Badewanne, oder sonst bei alltäglichen Tätigkeiten. Immer wieder durchfuhren mich Gedanken, welche mir Lösungen aufzeigen wollten, Lösungen für den Tag an dem er nicht mehr da sein sollte. Ich verwarf diese Gedanken immer kopfschüttelnd und dann schaute ich ihn an und war auf mich selbst böse, dass mir solche Gedanken überhaupt kommen konnten, wo er doch da war und ich ihn liebte. Doch die Gedanken kamen immer wieder und heute denke ich sogar, immer öfter. Jetzt könnte man sagen, mein Unterbewusstsein hätte etwas gesehen oder erkennen, ja spüren können, was mein Oberbewusstsein nicht akzeptieren wollte. Man könnte aber auch sagen, dass er, wo er doch nicht sprechen konnte, versucht hat, mich auf etwas vorzubereiten, was ich ohne diese Vorbereitung vielleicht gar nicht, oder zumindest nicht in der Art und Weise, verkraftet hätte. Auch das ist seltsam, man kann selbst die schwersten Ereignisse sehen wie man sie eben sehen will. Ich habe mich für die zweite Variante entschieden, sie ist leichter und besser für mich verständlich, beziehungsweise macht sie mir die Gegenwart leichter.

Wenn man in so eine Situation gerät, dann sieht man Dinge, die man vielleicht im Normalfall nicht gesehen hätte. So steht auf meinem Kalenderblatt für Dezember, jedes Ende ist ein neuer Anfang. Ich glaube, der Mensch hat einen angeborenen Drang Hoffnung und Trost zu suchen und zu finden, zumindest stelle ich das eben bei mir fest und möchte mich hier nicht als Ausnahme sehen.

Nun ist er nicht mehr da, heute um 12 Uhr 5 ist es genau eine Woche her, dass er gegangen ist, genau in dieser Woche lag Weihnachten und der Geburtstag meiner Mutter. Weihnachten kann man nicht verschieben, es ist ein Fest wie ein Berg, schon immer da und nicht verrückbar. Es ist ein Fest des Friedens und der Freude. Nun, beides lag diese Weihnachten nicht in mir, obwohl, das möchte ich aber in einer anderen Geschichte erzählen, ich mir Trost gesucht und gefunden habe, doch hat das eine mit dem anderen nichts zu tun. Trost macht es einem leichter, doch Friede und Freude kann Trost nicht ersetzen. So kam der heilige Abend und mit ihm die Bescherung, vor der mir am meisten gegraut hat. Gegraut, da mit der gleichen Selbstverständlichkeit, mit der er die letzten zwölf Weihnachten dabei war, er diesmal nicht dabei war. An seiner Stelle stand eine große Leere vor und mit mir vor dem Baum. Die Familie sang wie immer und irgendwie hat mein Vater wohl nicht die Leere vor dem Baum stehen sehen, die meine Mutter und ich sahen und spürten. Doch die Bescherung ging auch vorbei, mit der sich mittlerweile einbürgernden Traurigkeit über die Geschenke, welche nichts mit Materialismus zu tun hat, doch möchte ich darauf nicht näher eingehen, vielleicht ein anderes Mal. Nur soviel, ich dachte sehr viel an ihn und dass er jetzt wohl, von irgendwo auf unsere kleine Familie herabsehen würde und sich nur denken würde, wie immer. Das gab mir Trost.

Es gab mir wenig Trost, dass mein Vater gegenüber meiner Trauer mehr als nur Unverständnis aufbrachte, zumindest zu Beginn war es so, vor allem zu Weihnachten. Da ich gesellschaftlich gesehen kein normales Leben führe, zumindest kein allgemein erwartetes, also ich bin Single und habe keine Kinder, schieben manche, so auch mein Vater, viele meiner Reaktionen einfach auf diese Tatsache. So auch meine Trauer, hätte ich einen Mann und Kinder, dann würde er mir nicht so fehlen. Das kostete mich zusätzliche Kraft, denn ich sehe es nicht so. Doch so ungerecht das Leben sein kann, denn er ist ja nicht mehr da, so gerecht kann es auch sein, und so durfte ich auch einige Menschen treffen, die mit mir trauerten und mich verstanden und die Wesen allgemein als liebenswert und seelenvoll sahen und dieses Privileg nicht nur den Menschen zusprachen. Überhaupt trauerten viele um ihn, von denen ich es nicht erwartet hätte und so traurig mich das auch machte, so erfüllte es mich auch ein letztes Mal mit Stolz auf ihn. Es zeigte mir, dass er wirklich etwas ganz besonderes war und dass er sich auf Erden, und nicht nur in meinem Herzen, einen unvergesslichen Platz geschaffen hatte.

Ich erinnere mich an Sonntag vor einer Woche, da war die Welt noch mehr als in Ordnung, im Gegenteil, seit Jahren konnte ich mich wirklich wieder über etwas freuen. Hier wo wir vor sieben Jahren eingezogen sind, ist es eigentlich in vielen Dingen schlechter geworden. Man mag den Wienern viel schlechtes nachsagen, doch wer will, kann in Wien wirklich frei sein. Das kann man hier nicht, hier muss man um den Parkplatz streiten, obwohl in der Gasse alles frei ist, hier ist es lauter als in Wien, denn die vielen Rasenmäher, Heckenschneider, Häcksler und was immer sonst man in einem Garten einsetzen kann, können einem die Sonntagslaune schön verderben. In Wien mag schon sein, dass der Nachbar stirbt und es keiner bemerkt, doch haben sich diese Nachbarn auch vorher nicht bemerkt, was ich für besser halte, als den Nachbarn auf die eine oder andere unangenehme Weise, ständig zu bemerken. Leider bin ich vor kurzer Zeit erst draufgekommen, dass auch Wien sich verändert hat, vielleicht ändert sich einfach alles, vielleicht habe nur ich mich geändert. Ich werde mich auf jeden Fall jetzt ändern, denn ich glaube man kann überall frei und glücklich sein, es liegt in einem und man darf sich nicht von anderen, die einem das Glück neiden, einschränken lassen. Auf jeden Fall, vor einer Woche, sonntags… Das Nachbargrundstück wurde verkauft und die neuen Nachbarn waren zur Besichtigung des Baugrunds da. Ein bisschen habe ich mich vor den neuen Nachbarn gefürchtet, wegen ihm. Ich hatte Angst, dass er sich nicht mit ihnen vertragen würde. Dann habe ich ihm die neuen Nachbarn vorgestellt und es war wie ein Wunder, nicht gerade Freundschaft, aber es war deutlich abzusehen, dass alles gut werden würde. Mit dem alten Nachbarn gab es sieben Jahre lang nur Streit und nun war ein Zeichen des Friedens eingetreten, Hoffnung auf eine glücklichere bessere Zeit.

Das war Sonntag, am Montag um halb zwei bekamst Du deinen Anfall, ich habe den Arzt angerufen. Du hattest zu Beginn Schnackerl, ganz harmlos, dann hast Du zu Zittern begonnen. Um zwei habe ich den Arzt wieder angerufen und erklärt, dein Anfall werde schlimmer, wir sollen kommen. Die Autofahrt war endlos und viel zu viel Verkehr, ich komme nur langsam voran, obwohl ich am liebsten gerast wäre, Dir geht es sehr schlecht, ich habe Angst, dass Du die Fahrt nicht überlebst. Immer und immer wieder geht mir durch den Kopf, „... er erreicht den Hof mit müh und Not, in seinen Armen, das Kind ist tot". Der Erlkönig, Mama hat ihn mir früher oft aufgesagt und eigentlich liebe ich dieses Gedicht, doch nicht heute, heute mahnt es mich, fahr schneller. Ca. um halb drei waren wir in der Praxis, die Untersuchung dauerte irgendwie ewig und irgendwie ganz kurz, ich habe das Zeitgefühl komplett verloren. Auf dem Röntgen ist ein Tumor zu sehen, erschreckend groß, wie ein Kinderkopf. Der Arzt sieht auf dem Röntgen zu wenig, er weiß nicht genau, wo der Tumor liegt, er macht ein Ultraschall. Dir geht es mittlerweile sehr schlecht, Du reagierst fast nicht mehr. Dein Bauch wird rasiert und das Gerät aufgesetzt. Der Arzt ist noch jung, daher besitzt er noch die Tugenden wie Mitgefühl und Anteilnahme. Sein Blick ist mehr als betrübt und er scheint in Dir irgendetwas zu suchen. Ich bin bei Dir und ein Schleier fällt über mich, alles wird unecht, ich träume. Es sei die Leber, höre ich zwar, kann mit der Information aber nichts anfangen. Sie haben Dir Blut abgenommen, doch ich habe es kaum bemerkt. Ich erwache leicht, als ich einen uralten Nadeldrucker rattern höre und frage ob jetzt festgestellt wird, ob der Tumor gut- oder bösartig sei und falle sofort in den Traum zurück, als der Arzt sagt, so als hätte er es schon gesagt, nein, nein, er ist bösartig. Die Tränen laufen über mein Gesicht und ich denke, dann wirst du operiert. Ich frage den Arzt, ob die Metastasen wohl schon sehr schlimm in deinem Körper sind, da ja der Tumor so groß sei, und der Arzt schaut mich nur traurig an. Der Drucker steht still, der Arzt liest den Befund. Alles ist still, nur der Satz, dass man dich noch heute erlösten sollte, steht laut im Raum. Es ist vier Uhr. Ich träume. Ich war dann eine Stunde mit dir alleine, der Arzt überlies uns die Ordination und ging in die andere um dort die Impfstunde abzuhalten. Wir hörten die anderen draußen im Wartezimmer, wie sie laut waren, fröhlich und gesund. Ich konnte dir wohl nicht viel Trost geben, da ich deinen Trost gebraucht hätte. Niemals hättest Du mich so weinen lassen, hättest Du es ändern können, niemals. Du bist nur dagelegen und hast kaum mehr reagiert. Du hast eine Spritze gegen die Schmerzen bekommen, gegen meine Schmerzen gab es keine Spritze.

Um fünf hat die zweite Untersuchung mit einem anderen Arzt begonnnen, ich wolle eine zweite Meinung. Heute tut es mir dafür leid, wir hätten heimfahren sollen. Die Meinung war grundsätzlich die gleiche, doch man redete mir jetzt ein, dass es noch Hoffnung gibt. Du könntest noch Monate leben. Du bekamst vier Spritzen und ich sollte bis Mittwoch Fieber messen und alles aufschreiben. Mittwoch wollte der Arzt dich dann wieder sehen. Wir wissen heute beide, es kam nicht mehr bis Mittwoch.

Daheim hast Du dich hingelegt und in Deinem Gesicht stand geschrieben, was Du mir ein Jahr lang angekündigt hast. Um elf Uhr nachts, ich glaube nur mir zu liebe, bist Du noch einmal rausgegangen, schwer ist es Dir gefallen, mir hat es ein letztes Mal Hoffnung gegeben. Ich habe, jetzt erst recht, daran geglaubt, dass Du es noch Monate schaffst.

Doch die folgende Nacht war schrecklich und hätte ich die Macht über Leben und Tod gehabt, so hätte ich dir den Tod geschenkt. So konnte ich nur für dich da sein so oft Du es wolltest. Nach dieser Nacht war am Morgen jegliche Hoffnung gestorben und ich rief den Arzt an. Es war Dienstag, der 21. Dezember etwa 12.05, als Du deinen letzten Atemzug getan und auf die große Sommerwiese gegangen bist. Ich glaubt immer noch, dass ich irgendwann aufwachen würde, das kann doch nicht wahr sein.

Um 14 Uhr legte ich ihm eine Hand voll Erde auf seine Seite und verabschiedete mich von ihm. Dann half ich das Grab zu schließen und mit jeder Schaufel Erde verschwand ein Stück von ihm. Ich weiß heute nur mehr, ich hatte es sehr eilig damit, als ob das alles weg wäre, wenn das Grab geschlossen ist, ich weiß heute genauso wenig wie vor einer Woche, was mich so getrieben hat.

Am 16. Jänner hätte er seinen 13ten Geburtstag gehabt und am 21. Dezember hat er sich für immer verabschiedet.

Ich habe mich vor zwölfeinhalb Jahren auf dich eingelassen und dir vertraut und ich wurde reichlich belohnt, auch Du hast mir vertraut und mich viel gelehrt. So bin ich unter anderem toleranter und friedfertiger geworden. Du bist mit mir durch dick und dünn gegangen, auch in schweren Zeiten warst Du immer da, Du hast mir niemals etwas nachgetragen oder vorgeworfen, obwohl Du so manchen Grund dafür gehabt hättest. Ich weiß, es gibt nicht viele Menschen, die das verstehen können, doch liegt das nur an der dem Menschen angeborenen Überheblichkeit zu glauben, der Mensch sei über alle Wesen erhaben und somit prinzipiell etwas Besseres. Das habe ich nie geglaubt und glaube es jetzt erst recht nicht. Ich habe mich bemüht dich zu verstehen und Du hast mir gezeigt, dass jedes Wesen eine Sprache hat. Wir haben zusammen gelacht und wir haben zusammen geweint, denn unsere Gefühle waren gegenseitig ansteckend. Und selbst in deinen letzten Minuten hast Du mir noch eine Botschaft zukommen lassen: Leben kann man nicht nachholen! All die, Später und bald und nächstes Jahr kann ich dir nicht mehr erfüllen. Sie sind mit dir gegangen.

Ich habe heute Rosen gekauft, zwei davon sollten für ihn sein, der Rest für den Geburtstag meiner Mutter. Als ich dem Strauß die erste Rose entnahm, rutschte eine zweite Rose mit. Ich wollte sie schon zurück in den Strauß stecken, als ich bemerkte, dass sie gebrochen war. So entnahm ich sie doch dem Strauß und betrachtete sie. Sie war deutlich gebrochen und doch blühte sie um nichts weniger und schöner als all die anderen. Ich nahm die Rose als letztes Zeichen von ihm, auch wenn das Leben bricht, so blüht es doch (irgendwo) weiter.

Ich danke Dir mein Freund, ich danke Dir für alles was Du mir gegeben hast. Und schreibt man auf menschliche Grabsteine unvergesslich, so möchte ich dir sagen, dass auch Du unvergesslich für mich bist.

Der alte Mann und seine Maschine

Noch lange bevor im Radio Stauwarnungen durchgegeben wurden, lange bevor Debatten über Straßenplanungen geführt wurden, lange bevor Fußgänger nur mehr mittels Ampeln die Straße sicher überqueren konnten – ja damals, als Polizisten die wenigen Hauptverkehrskreuzungen regelten und die Straßen noch mit Schotter, statt Asphalt oder Beton gedeckt waren – damals hatte der alte Mann, so erzählt er – eine Maschine. Immer wenn er dies sprach, leuchten seine strahlend blauen Augen, und sein Herz schien höher zu schlagen. „Damals-..." sagte er und schwieg dann eine Weile verträumt...

Heute sei ja alles ganz anders, fuhr er dann auf, nur mehr Roadies, jeder sei leichtsinnig und rücksichtslos. Ja, ja die Jungen von heute – kein Vergleich zu seiner Jugend, entrüstete er sich oft – und dann begann er meistens zu erzählen. Er erzählte, wie das damals war, damals in seiner „Motorradgang"...

Einmal so erzählt er, sei die ganze Partie unterwegs gewesen um junge Damen abzuholen, damals waren die Frauen noch schön angezogen – mit Unterröcken und Strümpfen usw. – es wäre auch nie denkbar gewesen, dass sich so ein hübsches Pupperl breitbeinig auf den Sozius hockt.... Nein, quer sind sie oben gesessen, beide Beine links oder rechts gehalten, aufrecht und elegant – wie es sich gehört.

Er schilderte, wie stolz er damals war, stolz auf seine Maschine und stolz auf die feschen Frauen die er auf ihr mitnahm.

Er erinnere sich noch genau, wie er mit seinen Freunden damals vorgefahren sei, und die jungen Damen schon gewartet hätten.

Auch die Damen waren stolz, denn damals gab es noch nicht so viele motorisierte Verehrer. Doch es lag nicht nur an seiner Maschine, erklärte der alte Mann, und man konnte ihm glauben, denn ein Bild aus seiner Zeit, wie er sie nannte, schmückte die Wand. Die alte schwarz weiß Fotografie zeigte das Portrait eines attraktiven jungen Mannes mit weißblonden Haaren, verschmitzten interessanten Augen und schönem Gesicht.

Kaum hatten sie angehalten, schon seien die Fräuleins aufgesprungen und ab ging's. Sie seien nur so losgebraust, da eine Kurve, dort eine Kurve ... Kurven seien überhaupt das schönste am Motorradfahrern, doch mit den jungen Damen am Sozius nicht immer ganz einfach gewesen. So geschah es auch, dass bei einer etwas engeren Kurve der Stöckel der Begleiterin des alten Mannes mit der, damals noch geschotterten, Straße Kontakt aufnahmen – knacks und weg war er ...

Der alte Mann lächelte, er möchte gar nicht wiedergeben, was er sich damals hatte anhören müssen, so geschimpft hätte das Mädchen mit ihm .... ja und wiedergesehen hat er sie auch nie mehr.
– Erinnerungen, nur mehr Erinnerungen.

Aber verdrießen hat er es sich nie lassen, er habe immer wieder nette Mädchen kennen gelernt, alleine schon durch seine Musik. Der alte Mann konnte früher wunderbar Mandola spielen. So zogen er und seine Freunde durch Wien's Gassen und spielten in so manchem Hof auf. Die Leute schmissen sogar Geld aus den Fenstern und so war der nächste Ausflug mit der Maschine wieder gesichert. So arm, wie die meisten Alten heute erzählen, waren wir damals gar nicht, erklärte er oft, man hat sich halt was einfallen lassen müssen. Sie hätten auch in Wirtshäusern aufgespielt und an der Donau... überall wo ein paar Schilling zu erwarten gewesen wären.

Auch später, als er schon gearbeitet habe, hätte er noch immer, z.B. auf Betriebsfesten, gespielt.
Auf die Frage, warum die Mandola heute nur mehr an der Wand hänge und ob er nicht eine kleine Kostprobe geben möchte, meinte er nur, er habe schon so lange nicht mehr gespielt, ja eigentlich seit seiner Hochzeit nicht mehr, er kann es gar nicht mehr. Warum er die Mandola noch hat? – Erinnerungen, nur mehr Erinnerungen.

Eigentlich seien sie ja auch nicht so harmlos gewesen, am Riederberg, der ja damals auch nur geschottert war, hätten sie sich heiße Rennen geliefert. Die anderen hätten die viel tolleren Maschinen gehabt, er hätte sich keine bessere leisten können, aber – er war der beste Fahrer. Und wie gewohnt leuchteten seine Augen an dieser Stelle. Auch am Großglockner sei er gefahren, beim Rauffahren sei immer der Motor heiß geworden, beim Runterfahren hat er's richtig laufen lassen, ... er schweigt eine Weile... dann setzt er fort, er sei oft gestürzt, aber außer ein paar Schrammen an ihm und seiner Maschine sei nie etwas passiert,... wieder hält er kurz inne, nach einiger Zeit meint er still und ernst, auch seine Augen leuchten nicht mehr, nur einmal, ein einziges Mal sei etwas schief gegangen – sie hatten wieder ein Rennen am Riederberg gefahren, sie waren alle viel zu schnell dran, dann kam eine Kurve, eine die sie alle schon zigmal, doch noch nie so schnell, gefahren waren. Einige stürzten, auch der alte Mann. Er erinnert sich genau, er wusste damals genau, dass er auf keinem Fall die Maschine loslassen dürfe .. und er hielt sie, schleifte mit ihr über den Schotter - .. die Steine klebten an seiner offenen Wange, doch er hatte Glück gehabt,... sein Freund auf der anderen Maschine nicht - ...

– Erinnerungen, nur mehr Erinnerungen.

Er sei dann nicht mehr so oft gefahren, auch habe er dann geheiratet und seine Frau hat die Maschine gehasst – die Maschine sei lang im

Keller gestanden, bis sie im Krieg beschlagnahmt wurde.

Nein, einen Führerschein hatte er nie besessen, damals hat man keinen gebraucht und später, es sei alles nicht mehr so gewesen wie es war...

Er sei ein flotter Bursch gewesen...
– Erinnerungen, nur mehr Erinnerungen.

AUF WIEDERSEHEN...

Heute Nacht war ich wieder dort. Ich war schon
sehr lange nicht mehr dort und doch - es roch
wie immer wenn ich kam, nach Gebratenem und
nach Kochehrgeiz.
Ich ging durch das kleine Vorzimmer,
rechterhand das WC mit seiner ewig verzogenen
Türe – die ich als Kind unmöglich schließen
konnte – vorbei am kleinen Spiegelboard, wo die
klelnen rosafarbenen Plastikrosen schon seit
mindestens 30 Jahren blühten und kam – wieder
rechterhand zur Küchentüre. Diese – so gut wie
nie geschlossen, ließ den ungeheuer guten und
einem stets Willkommen heißenden Geruch in
die ganze Wohnung. Darin stand eine kleine, gut
genährte Frau – was wiederum die gute Köchin
zu vermuten lies. Ich grüßte und ging weiter. Von
der Eingangstüre bis hier werden es wohl nicht
mehr als 4 Meter gewesen sein – und doch fühlte
man sich hier nie beengt – selbst die auffällige
Tapete – die den Raum eigentlich hätte kleiner
wirken lassen müssen, konnte kein Gefühl von
Enge hervorrufen.

Im Wohnzimmer war es warm – es war immer
warm im Wohnzimmer – der Fernseher lief –
eigentlich lief auch der Fernseher immer.

Ich ging über den alten, abgetretenen Perser,
dessen Fransen schließen ließen, stets gebürstet
zu werden und kam in das mit altdeutschen

Rundbaumöbel vollgestellte Schlafzimmer. Mein Blick fiel auf das alles beherrschende Ehebett. Ein unangenehmes Gefühl stieg in mir hoch – irgend etwas störte die gewohnte Ordnung – irgend etwas war nicht so wie erwartet, nicht so wie gewohnt – es war etwas Befremdendes im Zimmer – etwas was noch nie zuvor hier gewesen war.

Alles verschwamm vor meinen Augen, wurde unscharf, mir war als verliere ich die Besinnung.

Ich lehnte mich an einen der schweren Kästen, der kaum berührt sofort zu ächzen anfing und versuchte mich zu entspannen.

Nur langsam ließen sich meine Gedanken sortieren, schwer und mühselig versuchte ich, mich wieder zurecht zu finden - ich ging zurück ins Wohnzimmer und setzte mich auf die, mit vielen Tüchern und Decken, zur Schonung des Stoffes, abgedeckten Lottobank.
Die Ellenbogen auf den Oberschenkel und den Kopf tief in meine Hände vergraben, versuchte ich das eben empfundene Gefühl zu ergründen.

Das Scheppern aus der Küche und der appetitanregende Geruch der ins Zimmer strömte ließ mich das Erlebte vergessen. Ich stand auf, ging zur Kredenz, die ebenfalls alt und rund gebaut war, betrachtete den Kleinkram hinter der Vitrine und dachte bei mir, dass ich diese alten Porzellanpüppchen und Kristallvasen wohl schon tausende Male begutachtet hatte. Als ich mich, um das Geschirr herauszuräumen, zum unteren Schrank bücken wollte, spürte ich wieder dieses befremdende Gefühl. Wieder musste ich mich stützen um den schwindenden Sinnen entgegen zu wirken.. Dieser wiederkehrende, unheimliche Zustand machte mir Angst und doch trieb mich der Verstand dazu, den Vorfällen nachzugehen. Ich blickte nochmals in die Vitrine, da stand die leicht verstaubte Rokokopuppe mit ihrem zierlichen Fächer und Spitzenunterrock, die Kristallgläsersammlung in Regenbogenfarben, unzählige Neujahrsglücksbringer, ein Obstkorb aus Kristallglas, der mir noch nie gefallen hat, einiges Zeug welches man sich zu Ostern schenkt, ganz hinten, an der Spiegelwand eine Kristallvase... immer wieder schaute ich jeden einzelnen Gegenstand an, immer wieder versuchte ich zu eruieren, was mich an diesem Anblick so erschreckt haben könnte, beziehungsweise was an diesem, mir doch sonst so vertrauten, Erscheinungsbild nicht stimmte. Da ich nichts finden konnte, deckte ich den Tisch, dem Geruch nach musste das Essen ja bald aufgetragen werden.

Längst war ich schon mit dem Tischdecken fertig und wartete, der Fernseher lief immer noch und da das Zimmer übermäßig gut geheizt war, wurde mir extrem heiß. Zurückgelehnt auf der Lottobank, ungeduldig und hungrig erinnerte ich mich, dass ich auf dieser Lottobank als Kind oft übernachtet hatte. Eigentlich habe ich gern auf dieser, heute längst nicht mehr produzierten Bettbank, genannt Lottobank, geschlafen –

eigentlich war sie aber nie, aufgrund ihrer aus zwei Wölbungen bestehenden Liegefläche, bequem und doch habe ich stets gut geschlafen.

Ich erinnere mich an das wohlige Gefühl das ich vor dem Einschlafen immer hatte, Geborgenheit und Wärme, die große Westminster tickte laut und alle viertel Stunden gab sie ihre unverkennbare, traurig-schwere Melodie von sich – dong – dong – dong ....

So auch Silvester vor circa 40 Jahren, es erscheint mir wie gestern, als der Mann der Köchin mit ihr und mir auf ein frohes neues Jahr anstieß – ich höre fast die Worte, die sie ihm vorwerfend, in den ersten Minuten des neuen Jahres an den Kopf warf – „einem Kind Sekt geben..."

Und nie werde ich die Antwort vergessen – „war ja nur ein Schluck, weil sie diesmal doch bei uns ist..." Ja, weil ich bei ihnen war, weil es etwas Besonderes war, an Silvester bei ihnen zu sein.

– dong – dong – dong ....

Ich blickte auf, die gute alte Zeit, schoss es mir durch den Kopf und musste lächeln. Immer noch kein Essen, was dauert da heute so lange... leicht verärgert doch mehr gelangweilt betrachte ich den mir gegenüber stehenden Kasten, das kleine Kästchen daneben, die Fotos die darüber an der Wand hängen.... die Fotos ... Moment, da ist es wieder, das Gefühl, hier stimmt was nicht, hier hängen Fotos die ich noch nie zuvor gesehen habe, ich kenne nicht einmal die darauf abgebildeten Personen. Jetzt wird mir auch bewusst, dass ich schon extrem lange Zeit alleine bin – niemals war ich so lange alleine, der Mann der Köchin – er war doch immer hier und hat Ferngesehen oder Zeitung gelesen. Auch kam die Köchin während des Kochens normaler Weise öfters ins Zimmer. Aus der anfänglichen Angst entwickelte sich nun eine sich stetig vergrößernde Panik.

Ich lief in die Küche, die Töpfe dampften, das Backrohr war leicht geöffnet und ließ den frischen Braten erahnen, in der Abwasch stapelte sich das Geschirr – Gott sei Dank – alles in bester Ordnung. Doch halt – wo war die Köchin, ... durch die Wand hörte ich Geräusche des an die Küche angrenzenden Badezimmers, also doch – alles OK, sie will sich wohl nur die Hände waschen – bald würde es Essen geben. Erleichtert gehe ich ins Wohnzimmer zurück. Ist wohl nicht mein Tag, dachte ich beruhigt...

Ich gehe ins Schlafzimmer, eindeutig ist hier das Gefühl des Fremden am stärksten. Hier begegnete mir eindeutig etwas, das ich noch nie zuvor angetroffen hatte..., nein so unbekannt war es mir mit einem Mal gar nicht,... jetzt erkenne ich es langsam, - langsam wird es mir widerstrebend bewusst....

Auf Wiedersehen Oma, Auf Wiedersehen Opa,...
auf Wiedersehen in einer anderen Welt
Erwachend denke ich nach....

WARUM

Die Ferien waren nicht mehr aufzuhalten, obwohl das meinem Zeugnis sehr gut getan hätte. Wie jedes Jahr, so auch dieses, sollte ich die, für meine Eltern unendlich langen Ferien, zur Hälfte bei meinen Großeltern verbringen. Prinzipiell störte mich das nie, hatte ich doch meinen Großvater ausgesprochen gerne, doch gab es, wie überall im Leben, einen kleinen Hacken – mit meiner Großmutter konnte ich nicht so gut.

Sie war sehr autoritär und überhaupt hatte ich oft das Gefühl, dass Kinder bei ihr nichts anderes als kleine Erwachsene waren. Dieser Verdacht betätigte sich immer wieder, wenn wir zum Spielen mit anderen Kindern gingen. Eigentlich war dieser Ausflug immer ein Treffen für Großmütter, bei dem die Kinder leise und artig, aber vor allem sauber bleiben sollten.

Mein Großvater war ganz anders, er war stets lustig, nie schlecht gelaunt und hatte niemals ein böses Wort für mich. Was ihm aber besonders als Großvater auszeichnete, war seine unendliche Geduld. Die schwierigsten Aufgaben löste er alleine mit seiner Geduld. So musste ich als Kind zum Beispiel lange Haare tragen, alleine schon durch die Tatsache, dass die Haare lange sein mussten, aber auch dadurch, dass sie ständig verfilzt waren, wollte ich kurzes Haar. Da Mädchen aber immer lange Haare haben ....

Vaters Wunsch! Mein Großvater konnte Haare frisieren, ein Traum, es hat kein einziges Mal gerissen, wen wundert es da, dass ich fast nur von ihm gekämmt werden wollte. Die einzige Person, die an die Perfektion meines Großvaters heranreichte, war meine Mutter.

Die Ferien verliefen, wie jedes Jahr – wunderschön. Großvater spielte mit mir, ich half ihm im Garten. Zu Mittag gab es fast immer mein Lieblingsessen, für welches die gestrenge Großmutter, die mich ja im inneren ihres Herzens auch liebte, sorgte.

Alles lief also glänzend, bis meine Großeltern auf die Idee kamen, mir Spielkameraden zu besorgen. Mich hat natürlich keiner gefragt, ich war von Anfang an dagegen, meine zwar noch nicht überragende, aber doch vorhandene Menschenkenntnis lehrte mich bereits in jüngsten Jahren, dass Kinder die härtesten und gefühllosesten Menschen dieser Erde sein können. Doch wenn Erwachsene es gut meinen, hat man überhaupt keine Chance – ich wurde also, über Opa, in der Nachbarschaft zu einer Kinderparty eingeladen. Es sei nur ein nettes, kleines Sommerfest für die Kleinen, mitbringen bräuchte ich nichts, es sei alles da, wurde meinem Großvater mitgeteilt. Großvater schwärmte mir vor wie toll es dort sei, sogar ein kleiner Swimmingpool steht im Garten und viele Kinder zum Spielen – er brachte mich pünktlich hin, es waren wirklich viele Kinder da – viele Kinder...

Opa tätschelte mich nochmals liebevoll, trichterte mir ein, dass bei der kleinsten Kleinigkeit seine Hilfe zur Verfügung stehe – und ging.

Was blieb mit anderes übrig, als erfreut zu tun und zu den anderen Kindern hinzugehen. Limonade wurde mir angeboten und Kuchen, den meine Leute viel besser backen konnten. Da erblickte ich, mit was die Kinder spielen, es waren jene Puppen die ich selbst so liebte und von denen ich schon viele gesammelt hatte. Ich war erfreut zu sehen, was die anderen denn so in ihrer Sammlung hatten und sah eine Puppe, die ich nicht hatte, aber schon lange haben wollte. Wie erfreut ich war, als mir das Mädchen des Hauses erlaubte mit ihr zu spielen – ich war ganz außer mir. Vorsichtig hielt ich sie, mit strahlenden Augen und einem richtig glücklichen Lächeln, in Händen – zack, und der Puppe fiel das, schon vor meinem Zugriff beschädigte, Bein ab. Ich wusste sofort, dass die Puppe schon kaputt gewesen sein musste, und dass dies auch der Grund war, warum ich mit ihr spielen durfte. Keiner glaubte mir, schon gar nicht die Mutter des Hauses – alle gingen auf mich los und lachten so bösartig, wie es eben nur Kinder können, wenn sie es wollen. Die Mutter fuhr mich sogar an, ich müsse die Puppe vom Taschengeld abzahlen... da packte mich Panik – „Opa, Opa!" Ich lief aus dem Garten, die Straße hinauf, um die Ecke, den kleinen Berg hoch – ich frage mich eigentlich heute noch, warum die mich verfolgende Mutter, mich nicht eingeholt hatte – ich war immer unsportlich – und ein Erwachsener müsste doch schneller als ein Kind sein.... Sie hat mich also nicht eingeholt – von weitem schon schrie ich aus Leibeskräften nach meinem Großvater, er muss geglaubt haben, es gehe um Leben und Tod, so entsetzt kam er aus dem Gartentor. Als ich, total außer Atem, bruchstückartig, wahrscheinlich kaum verständlich kurz erklärte um was es ging, bewies mein Großvater einmal mehr, dass uns beide nichts auf der Welt trennen konnte. Er schnauzte die Frau, nach Begutachtung der Puppe, die ich in meiner Panik noch immer in Händen hielt, so gehörig an, dass sie total verstummte, dann warf er ihr die Puppe vor die Füße – was ihr einfalle, ein kleines Mädchen dermaßen zu verängstigen, außerdem sähe ein Blinder, dass die Puppe schon lange eine abgebrochenes Bein habe. Die Frau zog von Dannen und mein über alles geliebter Großvater und ich, gingen in den Garten zurück. Sogar meine Großmutter, die eher selten auf meiner Seite stand, schloss sich der Empörung meines Großvaters an und tröstete mich.

Am nächsten Tag, oder war es erst ein paar Tage später, half ich Opa wieder im Garten, der Schreck war längst vergessen und wir tobten ein bisschen herum – mein Großvater war wirklich topfit – so setzte ich mich, z.B. in die Scheibtruhe und Opa lief mit derselben im Garten herum, er machte Motorgeräusche und so fuhren wir wirklich tolle Rennen. Hin und wieder kam einer der bissigen Nachbarn, die wohl auch meinten Kinder seien nur kleine Erwachsene, und regte sich wegen des Lärms auf... Mein Großvater hatte eine Art auf solche Dinge zu reagieren, die ich nie ganz verstanden habe, eigentlich reagierte er eher gar nicht, das aber mit Stolz.

Einmal die Woche mussten wir einkaufen, meine Großeltern hatten kein Auto, und der Bus fuhr damals noch sehr selten. Meist gingen wir also zu Fuß – ich hatte auch meine Einkaufstasche, ich wollte doch helfen. Meine Tasche war genau so groß, dass ein Kilo Mehl oder Zucker hineinpasste. Diese Kilo trug ich aber bis heim. Je nach dem ob meine Oma Zeit hatte oder nicht, ging ich mir ihr oder mit Opa. Mit Opa war es natürlich viel lustiger, ich bekam auch fast immer ein Eis, oder was zu naschen – selbstverständlich hat uns die Oma immer ertappt und Opa bekam Schimpfe, was mich als Kind besonders amüsierte, da er in seiner gewohnten Art reagierte.... gar nicht.

So, oder so ähnlich, vergingen diese Ferien, und viele vor und nach ihnen.

Aber nicht nur zu den Sommerferien, auch oft an Wochenenden, oder einmal sogar zu Sylvester, war ich bei meinen Großeltern. War es Sommer, so waren wir im Garten, im Winter waren wir immer in der Wohnung in der Stadt – Kälte war etwas, wohl aber das einzige, was mein Großvater richtig hasste.

An den damaligen und einzigen Sylvester dieser Art erinnere ich mich noch sehr gut – ich hatte ein grünes Wollkleid an mit dem ich, das finde ich noch heute, unmöglich ausgesehen habe, doch ich trug es gerne. Ich durfte, dank Opa bis Mitternacht aufbleiben. Er hatte sogar eine Tischbombe gekauft die viele Konfetti ausspuckte, Oma war am Verzweifeln, Opa und mir hat es gefallen. Der eigentliche Höhepunkt war aber, dass ich ein Schlückchen Sekt bekam. Meiner Großmutter gefiel das gar nicht, doch mein Großvater meinte, dass eine junge Dame, ich war neun oder zehn Jahre alt, an diesem besonderen Tag, schon mit ihren Großeltern anstoßen darf.

Geschmeckt hat mir das prickelnde und brennende Getränk nicht, trotzdem schlief ich in dieser Nacht mit dem besonderen Gefühl des Erwachsenwerdens ein.

Ich weiß nicht, wie alles weiter verlaufen wäre, niemand weiß das, wenn da nicht dieser eine Tag, diese eine Minute, dieser Augenblick gewesen wäre.

Opa und meine Mutter führten irgendein wichtiges Gespräch, ich weiß bis heute nicht worum es gegangen ist, nur – mir war fad. Opa hatte mich zuvor niemals so lange nicht beachtet, auch fruchteten meine ständigen Querrufe nicht... auch das Ziehen am Ärmel hatte nicht den gewünschten Erfolg...

... - nein, meine Wange hat mir nicht weh getan, nur mein Herz.

Gern hatten wir uns auch noch danach, doch habe ich diesen alten, mir vertrauten und geliebten Großvater die letzten Jahrzehnte sehr vermisst, - ich vermisse ihn noch heute – viele Jahre nach seinem Tod.

Halte inne

WAS

Obwohl es erst April ist, ist dieser Tag einer wie man ihn nur im Sommer erleben kann.

Vieles wäre zu erledigen, die Pflanzen im Garten sprießen wild, das Gras ist fast schon zu hoch und die Samen für die heurige Ernte sollten längst schon unter der Erde sein – doch ich kann nicht.

Unendliche Überwindung kostet es mich, in den ersten Stock zu gehen um mich dort wenigstens dem Aquarium zu widmen, das mir, durch übermäßigen Algenwuchs unmissverständlich zu erklären versucht, gepflegt werden zu müssen. Vor der gläsernen Wasserwelt angekommen, betrachte ich dieses kleine Universum mit seinen eigenen Gesetzen, die doch nicht so anders sind als jene, denen alle anderen, außerhalb dieser kleinen Welt lebenden, unterworfen sind. Fressen und gefressen werden - ... wieder einmal freute ich mich zu früh über Nachwuchs der in meiner künstlich erschaffenen Welt Lebenden. Die Größeren haben die Kleineren vernichtet – wie sehr mich das eigentlich trifft, wie gekränkt und traurig ich doch bin, dass die fünf, wenige Millimeter kleinen, eigentlich nur aus Augen bestehenden, Wesen getötet wurden. Böse bin ich auf die, die meines Kurzgerichts nach die Schuldigen sind, ich sollte sie im Klo runter spülen, um sie einer gerechten Strafe zuzuführen.

Routinemäßig greife ich zur Futterdose und streue die undefinierbaren, bunten Blättchen auf die Wasseroberfläche – gierig und hastig schwimmen meine Lieblinge herbei, auch jene, die schon längst satt sein müssten, und nur dank meiner Einsicht und Großzügigkeit noch an dieser Fütterung teilnehmen konnten. Ich stelle die Dose beiseite,... was diese schwimmenden Wesen mit Herz und Gehirn eigentlich denken - ... wer bin ich für sie, der ihnen Nahrung und klares Wasser gibt, der aber auch wieder ein Größerer ist...

Summen, ich höre summen, laut, nervend, eindeutig. Irgendwo im Zimmer muss eine Wespe sein – ich gehe zum Fenster, meist sind die Wespen am Fenster und kämpfen unermüdlich gegen die Scheibe. Ich habe recht, hinter dem Vorhang zeichnet sich der Schatten des erwarteten Störenfrieds ab. Der Schatten ist, für eine Wespe zu kurz und zu dick, sicherlich eine Hummel – egal, was immer es ist, im Haus kann es nicht bleiben, es muss raus. Das für solche Fälle immer parat stehende Glas in der einen, die Zeitung in der anderen Hand, schiebe ich, vorsichtig den Vorhang zur Seite... es ist grün.

Ein wunderschöner Käfer, ich – ich alleine habe ihm das Leben gerettet – habe diese, mir gegebene Kraft, genützt.

Was jetzt, ich setze mich, beginne zu lesen, kämpfe um jedes einzelne Wort. – auch das Lesen freut mich heute nicht. Den ganzen Tag schon, nein, es hat eigentlich gestern schon angefangen, quält mich eine Unruhe, ... es ist ein Drang, fast ein Zwang einem Ruf zu folgen, ich höre ihn laut und machtvoll. Oft schon habe ich ihn gehört – seit vielen Jahren, nicht täglich, aber in letzter Zeit...

So stark ich den Ruf auf höre, nein, eigentlich fühle ich ihn nur so stark, ich kann ihn nicht deuten, kann ihn nicht verstehen – ich habe ihn noch nie verstanden.

Bis jetzt ist er auch immer von selbst verklungen – wenn ich mich zwinge etwas zu tun, irgendetwas, ich könnte doch im Garten arbeiten... doch ich kann nicht.

Ich kann mich kaum von der Stelle bewegen, kaum klar denken, so stark ist es heute. Was immer es ist, es nimmt mehr und mehr Besitz von meinen Gedanken – schränkt mich mehr und mehr in meinem Tun ein. Manchmal macht es mir Angst, heute nicht – ich bin nur sehr nervös, ich schwitze obwohl ich nur still sitze... auch atme ich, als käme ich gerade von einer höchst anstrengenden Laufrunde...

Eines Tages werde ich es wissen....

SCHAUSPIEL IM SCHAUSPIEL

Wie ein Kleinkind, mit großen Augen und offenem Mund, verfolgte M das nach hinten Weggleiten der Fassade. An der eben verschwindenden Hausmauer waren einige Fliesen abgefallen, doch lies der spärliche Rest auf die Behausung eines Instituts oder Spitals schließen. Es war völlig dunkel und nur schwer, eher schattenhaft, waren einige Personen zu erkennen, die entweder die verschwindende Wand längsseits begleiteten oder aber völlig andere und unerwartete Gegenstände, wie einen Schreibtisch, oder Stühle herbeischufen. Die Emsigkeit und Flinkheit der Schatten faszinierte und fesselte M gleichermaßen. Jahre musste es schon her sein, als M derartig Vergleichbares, von moderner Technik abgelöstes, zuletzt gesehen und erlebt hatte. Der Höhepunkt schien erreicht, als die Schatten verschwanden um kurz darauf, dreiköpfig, mit 3 Körpern aber doch irgendwie zu Einem vereint, wiederkehrten. Sie traten einige Schritte näher, waren aber doch kaum zu erkennen, als sich zwei Körper von dem einen trennten, die zwei im Blickfeld, starr, steif und senkrecht, absolut unbeweglich – unwirklich, der eine verschwand wieder.

Obwohl reges Treiben zu sehen war, wenn auch nur schattenhaft, so war kein Ton zu hören, keine Schritte, kein Poltern abgestellter Dinge, nur Musik, traumverführende, wunderschöne Musik.

Es schien, als ob die erahnten Personen, doch nichts anderes waren, als nur schwebende Schatten. Wieder kam einer dieser zu Einem vereinten Drilling, dann noch einer... Nun standen schon acht dieser unwirklichen Figuren unbeweglich in einer Reihe ausgerichtet. Ein Paravon wurde hinter dem Tisch, jedoch vor die Erstarrten getragen und abgestellt – dann verschwanden alle Beweglichen, die acht Senkrechten standen unverändert an ihrem ihnen zugeteilten Platz – die Musik wird leiser, zwei Schatten, einer, durch die leichter wirkende und feminin wallende Kleidung als weiblich zu erahnender und ein anderer, vermutlich männlich, belegten die am Tisch gegenüberstehenden Sessel.

Licht fällt ein, mehr und mehr, zuerst ruhig, dann durch erscheinen einer dritten Person hastig gesprochene Sätze eines beginnenden Streitgesprächs. Das vor Jahren erdachte, längst beschlossene und feststehende Schicksal eines jungen Mädchens, dessen Erdenker längst unter der Erde, hatte abermals begonnen.

... Pause

M ging – nein schritt, von der Vergangenheit die von den Wänden strahlte, fast majestätisch, durch Räumlichkeiten, deren Erbauung noch vor der Zeit des jungen Mädchens lag.

Alte hohe Holztüren, die obwohl sicherlich schon oft gestrichen, bereits wieder Farbe abblättern ließen, roter Samt an den Wänden mit raumhohen Spiegeln versehen – M sieht sich, wohin sich der Blick auch wendet, wieder und wieder. Den Himmelsrichtungen gleich befanden sich die Türen, von denen M willkürlich eine auswählte, der schmale Gang wirkte ob seiner Höhe nicht beengend, die Wände waren nun nicht mehr mit rotem Samt tapeziert, ein strahlendes, freundliches Weiß begleitete M. Viele Menschen drängten in die gleiche Richtung wie M, lautlos auf rotem, samtgleichen Teppich.

Angelangt in einer großen Halle mit spielerisch verzierter Decke, großen Kristalleuchtern dachte M an all die Personen, die wohl vor vielen Jahrzehnten hier beheimatet, diese Halle betreten haben mussten, was für rauschende Feste hier wohl stattgefunden hätten und ob die Menschen dabei glücklich gewesen wären.

Ein Läuten, fast einem Wecker gleich, erst einmal, dann schon ein zweites Mal, fast drängender, mahnender ... dieses Geräusch würde sich wohl nie ändern, egal wie modern alles werden würde, egal wie hoch technisiert diese Art Häuser auch würden – dieses Läuten geht durch alle Epochen.
Drittes Läuten...

Das junge Mädchen, noch hoffend auf eine Wendung des Schicksals, obwohl eigentlich wissend, dass ihr Schicksal auch an diesem Abend nicht anders als an den Abenden zuvor verlaufen würde – verliebt sich und M, die ihr

Wandeln mit ihr erleben durfte freut sich mit ihr, so überzeugend wirkt sie.

Wieder wird es dunkel und die Schatten tauchten auf, trugen weg was nicht benötigt wurde, mechanisch schoben sich, leicht ruckend Wände zurück und neue hervor. Trotz der Finsternis erkannte M, dass ein kleines Zimmer, in der Art wie M es sich für die dargestellte Zeit vorstellen konnte, aufgebaut wurde. Als es wieder hell wurde, erkannte M eine kleine Kochnische der gegenüber ein Bett stand, im Vordergrund war ein Kasten und ein Sessel zu sehen, an der hinteren Wand eine Tür... ärmlich sah alles aus, ärmlich und auch nicht ganz sauber.

Das Glück, das M dem Mädchen gewunschen hatte, und das in den ersten Sekunden auch tatsächlich anwesend zu sein schien, verflog schnell. Sogar einige andere der Miterlebenden empörten sich über die Behandlung, die der junge Mann der Heldin angedeihen ließ. Stück für Stück zerbrach die Zukunft des Fräuleins, Schritt für Schritt ging es dem Ende zu, nicht nur dem Zeitlichen.

Einmal sollte es noch dunkel werden – einmal noch wurden die nicht mehr benötigten Wände und Gegenstände durch andere ersetzt. Die Schatten waren nach wie vor beeindruckend, ebenso wie die begleitende Musik und die zeitlich rückversetzte Dynamik mit der alles vor sich ging.

Das junge Mädchen starb an den Folgen eines verhinderten Selbstmordversuchs – alle dazu führenden Irrtümer klärten sich auf, kein Zweifel blieb für M offen, das Mädchen war unschuldig, sinnlos aber zu verstehen ihr Tod.

Als der große kristallene Luster von der Decke herab schwebte und überall das Licht, dass das Ende verhieß, erstrahlte, konnte M die Rührung fast nicht unterdrücken, bevor das Licht nun vollkommen alle Schatten vertrieb, wischte sich M schnell die Spuren der Trauer aus dem Gesicht und applaudierte dann heftig, weit heftiger als alle anderen.

Gerne wäre M aufgestanden, hätte so Bewunderung und Anerkennung gezeigt, doch keiner stand auf, keiner war so begeistert.
M ging durch den Spiegelsalon, durch den Gang, hinaus auf die Straße - ....

Gleich

Liebe Deinen Nächsten ... Wie dich selbst?

Wieder einmal zieht der Frühling ins Land ... launiger denn sonst. Zwischen Hochsommer- und Wintertagen versuchen die Menschen ihre Stimmung, ihren Antrieb nicht zu verlieren. Es ist schwer motiviert und Lebensfroh zu bleiben, wenn Montag noch der große Lebensbeginn startet und Dienstag alles dem Ende zugeht. Die Blüten, kaum erblüht am nächsten Tag erfrieren um am Mittwoch einen neuen Versuch zu starten. Die Menschen scheinen es der Natur gleich zu tun – zwischen Hochstimmung und Tatendrang und einem winterähnlichen Schlaf taumelnd. Auch die Liebe erwacht und stirbt binnen kürzester Zeit – Balzverhalten und charmante Flirterei kämpft mit aufkommender Aggression und Bösartigkeit., welche nur Verständlich ist in diesen unentschlossenen Zeiten.

Doch – ist es die Natur – ist sie an allem schuld? Ist die Natur noch Natur? – oder längst bereits vom Menschen beeinflusste „Sphäre" ... Wird sie uns überleben, oder werden wir mit ihr sterben ... oder – werden wir sie umformen, nach unserem Geschmack? Nach welchem?

Und da liebte Adam die Eva, oder hießen sie Karl und Berta. Die Hochzeit war traumhaft und wie aus einem Bilderbuch. Er mit schwarzem

Smoking und Melone, sie im weißem Traumkleid, tausend Gäste, riesen Torte ... alles Walzer. Was kennt die Welt schöneres als ein glückliches Paar, welches im absoluten Höhenflug der Gefühle, vor Zeugen und Gott das tut, was alle von ihm erwarten. Heiraten ... Nach nur einem Jahr erwarten sie ihr erstes Kind, sie gibt ihre Arbeit auf um nur mehr Mutter zu sein, er mutiert zum stolzesten Vater der Welt. Kaum gilt der Sprössling als Erdenbürger verändern sich beide, alles dreht sich um Sohnemann, Fortuna scheint ihre ganze Glückstüte nur über diese kleine Familie ergossen zu haben.

Bertram liebt Josef – sie haben schon mal darin Pech, dass sie in keiner der weltlichen Religionen ein Vorbild finden. Dennoch glauben sie an sich und ihre Zukunft, veranstalten eine kleine Feier, welche sie Art-Hochzeit nennen. Ihnen ist das Glück des Nachwuchses nicht bestimmt wie auch – die Natur hat es nicht eingerichtet. Die Natur hat es nicht eingerichtet? ... welche Natur nun, die welche im Frühling die Knospen auftreiben lässt, den Menschen an einer unendlichen Wiederauferstehung teilnehmen lässt oder jene die es bereits geschafft hat – Vermehrung ohne männliches Wesen zustande kommen zu lassen. – oder ist das jetzt wieder nicht Natur.
(Der Autor möchte anmerken, dass er sich manchmal nicht sicher ist, wenn er das Wort Natur benutzt, zu wissen, von was er nun eigentlich spricht)

Maria liebt Marie – voll Stolz fahren sie mit Familie und Freunden in eines jener weniger Länder, welches keine Vorurteile kennt und sich nicht anmaßt, mehr zu Wissen, als zwischen Himmel und Erde liegt. Sie heiraten, traditionell, wenn man so möchte, beide im weißen Brautkleid. Ein Jahr später hilft Maria Marie bei der Geburt des ersten Weltenbürgers ohne männliche Zeugung. Das Kind ist wohlauf – die Presse parat. Keiner spricht von der „absonderlichen" Ehe – alle sehen nur das Wunder der Geburt, der Geburt des ersten Mädchens ohne genetischen Vater.

Katrin liebt Bingo – sie hat ihn vor drei Jahren aus dem Tierschutzhaus geholt, er ist ein dreijähriger Rüde – Mischling. Aus vielerlei Hinsicht ist Bingo minderwertig, als „Beziehungspartner" für viele derer die sich anmaßen alles zwischen Himmel und Erde zu kennen und zu wissen so wie so. In erster Linie ist Bingo ein Hund! Nun Katrin hatte niemals vor und tut es auch nicht, jedartigen sexuellen Kontakt zu ihrem Hund zu pflegen. Sie liebt ihn einfach, so wie man ein Mitgeschöpf eben liebt. Sie denkt weder an Nachwuchs – wie auch, noch an sonstiges, Bingo ist einfach ein Kumpel und wenn man so will sehr wohl Lebensgefährte .... oh, oh ... da heben sie gleich den Finger, jene die alles zu wissen glauben, was es zwischen Himmel und Erde gibt.

Und dann gibt es da noch viele Ichs – die lieben sich selbst – und das ist noch besser als alles andere – sie heiraten nicht, sie vermehren sich nicht – sie lieben sich, wie sich selbst.

Und da liebte Adam die Eva, oder hießen sie Karl und Berta ... und sie hielten zwanzig Jahre das was man Liebe nennt und die Kinder, sie hatten drei, waren schon ausgezogen und was blieb war die unendliche Einsamkeit – welche sich bildet, wenn man sich auf alles konzentriert, nur nicht auf das Wesentliche. Auf sich und den anderen – sich nur auf den Anderen, die vermeintliche Liebe und vor allem auf die Kinder zu konzentrieren ist sehr gefährlich. Doch sie heißen ja Adam und Eva, oder hießen sie Karl und Berta, da ist das ja nicht so schlimm. Das gehört ja so – und so blieben sie zusammen, bis das der Tod sie schied. Und Eva – oder hieß sie Berta, blieb noch weitere 53 Jahre allein, das heißt nicht ganz allein, sie fuhr ins Tierschutzhaus und holte sich Maxi – einen Mischlingsrüden und danach Bella eine Mischlingshündin. Doch niemals mehr „holte" sie sich einen neuen Mann – „nur" eine neue Liebe – ins Haus.

Bertram liebt Josef – nach 15 Jahren schied auch sie der Tod – doch nur auf Erden – nicht vor Gott. Josef ereilte das, was jene, die glauben alles zwischen Himmel und Erde wissen und Gottes Fluch nennen – Josef starb an AIDS. Bertram blieb zurück. Er verfluchte jene, welche erfunden oder entdeckt hatten, dass man Kinder ohne Mann zeugen, aber AIDS nicht bekämpfen kann. Bertram überlebte Josef knapp ein Jahr –

er starb nicht an AIDS – er starb an gebrochenem Herzen.

Maria liebt Marie – oder besser, liebte. Der künstlich erzeugte Nachwuchst starb im zarten Alter von acht Jahren. Irgend ein Gen, von dem auch jene, die glauben alles zwischen Himmel und Erde zu wissen, nichts wussten sei mutiert ... so ein Pech aber auch, macht ja nichts, jene welche, werden weiterforschen, beim nächsten Mal wird's besser , da wird der Sprössling erst mit 15 sterben.

Katrin liebt Bingo – auch besser hatte Bingo geliebt. Doch Bingo wurde 21 Jahre, ein Wunderalter und so hatte Katrin den Abschied auch ganz gut verkraftet und sich ohne schlechtes Gewissen Karlo geholt. Karlo ist, wenn man es so sehen will, Bingos Nachfolger. Und auch mit Karlo ist Katrin sehr glücklich. Obwohl er Bingo noch nicht das Wasser reichen kann – er ist noch nicht mal stubenrein – aber das wird schon.

Und dann gibt es da noch viele Ichs – sie lieben sich immer noch – nicht alle, manche haben Ihre Liebe in anderer Form gefunden, manche lieben eben „nur" sich. Doch sind auch Sie glücklich.

Doch was hier bis dato nicht erwähnt wurde – die wirklich Abnormen! Es sind nicht zwangläufig jene, welche glauben alles zwischen Himmel und Erde zu kennen und zu wissen, aber viele von jenen sind auch unter den Abnormen!

Jene welche, die gegen logische, moralische und oder menschliche Gesetze verstoßen und morden, quälen, töten, verachten, hassen und sei es nur durch wegsehen ... jene welche – ich befürchte fast - auch wenn es widersprüchlich klingt – jene welche – sie lieben den nächsten wie sich selbst! Denn sie hassen sich selbst mehr als alles andere – NUR – sie wissen es meist nicht!

Alle anderen sind doch – sind wir uns ehrlich – wirklich harmlos! Oder weiß irgend jemand wirklich, was zwischen Himmel und Erde läuft?

ICH WÄRE DER BESTE DIKTATOR!

Ja, das denke ich oft! Wählt mich – einmalig natürlich – zum Herrscher über die gesamte Erde!

Ich schaffe als erstes die Armut ab – durch Umverteilung und kräftiges Schütteln alles Vermögens der Erde ist es bestimmt möglich, dass keiner mehr Arm ist. In der Wüste wächst Weizen und sonstiges Korn und versorgt die ganze Welt. (Wozu sonst die ganze dämliche Genforschung) ... das Meer wird, dank industrieller Forschung, zu einem unerschöpflichen Wasservorrat.

Dann schaffe ich für alle Arbeit – es gibt so viel zu tun. Der ganze Müll den wir Milliarden Menschen produzieren, gehört doch mal wirklich vernünftig getrennt und wieder verwertet. Damit schafft man doch einen ganz neuen Industriezweig – nicht bloß so ein pimpliges Recyclingkettchen, wie wir es bis dato haben.

Mal abgesehen, von Straßenreinigung, Häuser putzen usw. Wenn man durch eine Großstadt geht, hat man so wie so nur das Gefühl des Grau in Grau – das wäre dann alles anders, die Häuser wären alle frisch geputzt, der Tourismus – er lebe hoch.
Artenschutz, Millionen von Tieren und Pflanzen müssen entweder aufgepäppelt oder

nachgezüchtet werden (so das noch möglich ist). Eine unerschöpfliche Arbeitsplatzquelle.

Gott – was wäre ich für ein Imperator – warum bekomme ich diese Chance nicht – ich würde das Paradies auf Erden schaffen.

Würde ich das ... wäre ich nicht allen menschlichen Gefahren ausgesetzt – vom persönlichen Machtverlangen und streben nach mehr mal abgesehen – wäre ich gerecht? Was ist gerecht? Ein bekannter Richter sagte mir mal – hier gibt es Rechtssprüche – Gerechtigkeit erfährst du im Himmel.

Würden mir die Menschen glauben und folgen – nein – würden sie nicht. Keiner gibt, wenn man ihm nimmt – so ist das nun mal ..... ehrlich gestanden, der Autor auch nicht.

Dann bin ich wach geworden....

Zwischen Gut und Böse liegen Welten

NUR EIN RAUCHER

Karl nennt sich Charly, er findet, dass sich das besser anhört. Und Charly ist Raucher. Er raucht seit seinem 16ten Lebensjahr und das liegt immerhin über 30 Jahre zurück. Charly raucht weder aus Leidenschaft noch aus Überzeugung – er raucht einfach. Weder schmeckt es ihm, noch weiß er, wie viel er pro Tag raucht – er raucht einfach. Seit einem Jahr ist er der Überzeugung, dass er aufhören sollte, morgen – morgen würde er aufhören, und das seit einem Jahr.

Charly ist von sich selbst enttäuscht, den Charly weiß, er ist ein Raucher. Raucher sind unmodern geworden. Nicht, dass Charly der Typ wäre, sich nach anderen zu richten, im Gegenteil, Charly trägt, was ihm gefällt, macht was er will und lebt nach seiner eigenen Moral – doch Charly ist Raucher. Raucher sind unbeliebt geworden, beim Staat, bei den Nichtrauchern und bei den Lokalbesitzern und bei weiß Gott wem. Charly kann nicht so leben wie er will, auf einmal überschneidet seine Freiheit, die der Anderen. Das verstößt gegen Charlies Moral. Charly raucht sich eine an.

Charly ist ein Raucher – ein komischer Raucher, er raucht fast alles, was man anzünden kann und merkt keinen Unterschied, Charly raucht immer die gleiche Anzahl Rauchwaren und Charly ist noch immer nicht krank geworden.

Charly ist Raucher – und möchte keiner sein. Er raucht sich eine Zigarette an und denkt nach, während er nachdenkt, merkt er, dass er raucht – er weiß nicht warum.

Charly versucht einen Anfang zu machen, er möchte zumindest wissen, wie viel er raucht. Seit einer Woche versucht er das zu ermitteln. Es gelingt ihm nicht. Überall liegen offene Packungen herum und am Abend hat er die Übersicht verloren. So ergeht es ihm immer.

Charly weiß nun, dass es so nicht geht – das Problem muss am Anfang gepackt werden. Warum raucht Charly?

Da fällt Charly ein, dass er, bevor er geraucht hat, an seinen Nägeln gebissen hat, davor hat er an seinen Daumen gelutscht. ...

Charly entdeckt das Internet .... orale Fixierung, ist der Begriff, welchen er nach vielen Stunden als Namen für seine Sucht gefunden hat.

Viele Stunden vergehen und Charly hat viel im Internet gelesen – er sei als Kind von mindestens einen Elternteil nicht geliebt worden, er hätte Angst gehabt seine Mutter zu verlieren – und er hätte die Angst noch heute. Charly raucht sich eine an und denkt nach. Na ja, er liebte seine

Mutter sehr, sie war und ist mehr ein Kumpel für ihn, als eine Mutter .... ist das abnormal?

Charly liest weiter ... Menschen mit oralen Fixierungen denken mehr als andere, Sie haben rasende Gedanken ... ja dachte Charly, ich denke wirklich viel nach, über alles und die ganze Welt.

Dann findet Charly eine Seite im Internet, welche ihm darlegt, dass jene Menschen welche ... sich für etwas Besonderes halten, für berufen. Charly raucht sich eine an – er ist entsetzt.

Charlies Leben baut sich darauf auf, eines Tages, die große Aufgabe erfüllen zu müssen. Charly wartet auf diesen Tag, er wartet auf die Mitteilung, die Botschaft. Charly liest das Wort Psychopath und Charly hört auf zu lesen. Charly raucht sich eine an und denkt nach.

Die Tage und Wochen vergehen, Charly tut, was er tun muss und Charly raucht ... doch Charly denkt auch ständig nach ....

Wenn alle Menschen die rauchen oder essen oder trinken oder sonst irgendwie zumindest oral fixiert sind, glauben sie seien etwas Besonderes, wenn .... Alle diese Menschen warten auf eine, Ihre Aufgabe. Derweil sind sie NUR Psychopathen? Irre?

Charly raucht sich eine an, Charly ist frustriert.

Es gibt immer eine Lösung

Mein Dank an alle, die dieses Buch gelesen haben! An all jene, welche mich bestärkt haben und in erster Linie an meine Eltern, welche an mich glauben – ihnen möchte ich dieses Buch auch widmen!